N e u e B ü h n e 30

ドイツ現代戯曲選⑩
N e u e B ü h n e

Stadt als Beute

René Pollesch

Ronsosha

餌食としての都市

ルネ・ポレシュ

新野守広［訳］

ドイツ現代戯曲選30 ⑩

Neue Bühne

論創社

編集委員◉池田信雄／谷川道子／寺尾格／初見基／平田栄一朗

This translation was sponsored by Goethe-Institut.

GOETHE-INSTITUT

「ドイツ現代戯曲選 30」の刊行はゲーテ・インスティトゥートの助成を受けています。

(PhotoResearchers/PPS)

ng. Lustspiel ¶ Igor Bauersima norway.today ¶ Fritz Kater zeit zu lieben zeit zu sterben ¶ Elfriede Jelinek Macht nichts ¶ Peter Handke Die Stunde, da wir nichts voneinander wußten ¶ Einar
e Die Alphabeten ¶ Franz Xaver Kroetz Der Drang ¶ John von Düffel Balkonszenen ¶ Heiner Müller Der Auftrag ¶ Herbert Achternbusch Der Stiefel und sein Socken ¶ Volker Braun Iphig-
berg-Variationen ¶ Dea Loher Tätowierung ¶ Thomas Bernhard Heldenplatz ¶ Elfriede Jelinek Raststätte oder Sie machens alle ¶ Rainer Werner Fassbinder Der Müll, die Stadt und der Tod

目次

Stadt als Beute

餌食としての都市

登場人物

A　アストリート・マイヤーフェルト

B　ベルンハルト・シュッツ

F　ファビアン・ヒンリックス

P　フィリップ・ホーホマイア★1

A　グローバル・プレーヤーにとって地域や国なんてたいして重要じゃない。「国際分業」が進む中、活動拠点はすべて国外に移され、地球上に分散させられる。企業の活動はほとんど立地から切り離されている。問題は「**ここ**」！[2]　**「ここ」はもう立地とは無関係！**　**クソ企業め！**　**立地と無関係に搾取されるなんて、クソよ！**　立地と無関係にテロ活動をおこなうコンツェルンの連中。そういうクソったれどもを探し出すのよ！

B　そのとおりだ、アンジェラ・デイビス。[3]　体を元手に投資しろ。きみがリスクを負える事業はそれしかない。

F　ここには黒人も暮らしてるのか？

P　インディアンは？　インディアンはみんなどこに行ってしまったんだ！　**クソ！**

B　スラムは脱中心化された。

F　スラムの住人たちは拡散させられた。

A　そうよ、私は**拡散させられたの！**　アンジェラ・デイビスはもうここには住んでない！　だって「ここ」はもう立地とは無関係なんだから！

P　拡散させられた企業ばかり！

A 企業活動分散化の裏には、世界経済の戦略拠点への資本集中がある。金融とサービス産業は企業向けに特化され、市場と生産拠点では情報や知識が取引されている。

P ここには黒人も暮らしてるのかい？

F 黒人の娼婦は？

B 誰もうアンジェラ・デイビスを見つけることはできない。彼女の活動は立地と無関係だからだ。彼女による搾取も同じだ。**アンジェラ・デイビスによる搾取は立地と無関係だ**！

A 私には「ここ」がどうなってるのかわからない、「ここ」は私が生きている餌食。**私がそん中で生きてる餌食**って、いったい何！ **「ここ」とは何**！ ここは都市、都市が餌食なんだ。そして立地マーケッティングが、突然人間の体をリサーチ対象にする。

P **クソ**！

A しかしここ……この町ではマーケッティングの開始を告げるアナウンスが流れただけではない。この町では、別の時に別のものも売りに出された！ 町が町自身を売り払うだけでは終わらなかったのだ！ **クソ**！ 都市振興政策はマーケッティングや公有地の不動産売却だけでおさまるはずがなかった。

A　私は、ポルノに出てくる男のことしか話さない！「危機」に陥っている男のことなんか話したくない。危機は男たちが働いているハイテク社会で起こる。男たちを働かせるごほうび、それが危機ね。私はポルノに出てくる男について語りたい。売春する男のことだけ話すことにする。「ここ」のこれみたいな！

B　そう、きみの言うとおり。**「ここ」のこれさ！**　立地マーケッティングは人間の体もリサーチする。

F　都市は餌食だ。

A　あなたのマイホームは、外のサービス産業とのインターフェイスになってる。

P　製造業のリストラが進むのをみて、自治体が企業の体裁をとりだした。**クソ！**

A　この**クソ自治体は企業の体裁をとりだしたんだ！**　私たちは立地マーケティングや都市振興政策に乗り出す自治体のいいなりだ。**いったいどうなっているのか、もうよく分からない！**　企業色を色濃く帯びたガスが立ちこめたせいで、工場の身体的具体性はかき消されてしまった。たしかに自治体の手で、自己実現と自立への要求はすべてかなえられた。でもそれは心の外の話。今では主体性が動員される。協調性とコミュニケーションを利用してやろうと狙っているのよ。町には男の淫売どもがたむろし、無届風俗店だらけになった。**「あそこ」のあれみたい！**　ある日突然自治体中がサービス産業だらけになった。

P　**クソ！　このクソ自治体は企業の体裁をとりだしたんだ！**　そして自前の経営哲学を人間の体に適用しやがった。**「ここ」のこれだ！**　いまじゃマネージメントの中をほっつき歩くしかないのさ。都市は企業だ。**マネージメントの中をほっつき歩く**しかないんだ。この町は遊休地の不動産を切り売りしてる。「あそこ」のあれだ！

B　いいよ、**ほっつき歩いてやる！　クソ！**

P　**餌食**となったぼくのなかには、いつもあのアナウンスの声が響いてる、まるで空港にいるみたいだ！　そして得体の知れないガスが、ぼくの耳元で企業家向きのせりふをささやく。こっちの自治体を狙えとか、あっちの自治体もいいぞって。そこにはあのガスが立ちこめていて、立地や主体性を商品化して金を儲ける極意が聞こえてくる。その指令に従い、マーケティングの方向に舵を切り、建物の中を歩き回る。それが都市マネージメントの中の徘徊ってわけさ。厄介なパルチザンとの関係は精算して、無届風俗店のような世渡りをすることになる。**ぼくはここじゃただの無届風俗店だ！　クソ！**

散歩していると、気づくんだ、このオンボロ駅まだ不動産として活用されてないぞって。で、公有の遊休地の再利用や不動産としての活用が、突然人間の体に適用される。**俺にか、それともおまえにかだ**！　ここの淫売野郎どもは企業家の体裁をとりはじめた。町の外のサービス産業のまねっこだ。おまえはおまえの厄介な人生に見切りをつけ、この自治体で非合法に、たとえば無届風俗をやって生きていくんだ。**クソ**！　このガスの中でただの無届風俗として生きていく。液化した権力テクノロジーが**餌食**であるおまえの中を流れてる。おまえは体の中でマーケティングを活性化し、広大な売り場を提供する。そこにはいくつもの場所があるが、どれも厳しく規制されていて、どこへでもアクセスできるわけじゃない。例えば**「ここ」という場所**！　あるいは、「外のあそこ」という場所だ。この**町へはだれもがアクセスできるわけじゃない**。おまえの散歩は規制なき自由市場によって規制されている。おまえは外では、**マネージメントの中を散歩している**だけだ！　そもそも、マネージメントの中でしか散歩はできない。おまえの散歩こそが**マネージメント**なのだ！　この町を歩き回るおまえは、消費とカフェオレと建築デザインの規制下にある。デザインが気に入っているならいいが、そうじゃないなら**ぶちこわせ**。

F　クソ。俺はここで身体性を失なった工場に勤めている。流動化した企業だ。俺の周りのいたる所が**クソ**だ！　誰かが、おまえの中に、ということは**俺**！の中にもまき散らされた、**ここ**！の新しい支配体制をガスと呼んだ。そのガスが工場の身体性を喪失させたんだそうだ。**誰だっけ、そいつは**？　クソ！　俺はもうみじめな人生は送ってない。これまでの人生は、どっかで売り払われたはずだ、俺がちょっと目を離した隙に。**クソ人生はもう**終わってしまった。ところが**なんてことだ**！　前はこんなじゃなかった。あの頃持っていたものを思い出すこともあるけど、みんな宙に消えてしまった。俺が以前住んでいたところは、どういうわけか今じゃ何かの売り場になってる。**今じゃ売り場だ**！　そこで俺は俺を売ってる。**こんなこと我慢できるか**！

F　都市の構造改革はグローバル化という文脈の中で進行する。

P　アンジェラ・デイビスはどういうわけか住所不定だよ。この町ではジャンキーや**ホームレス**に戦争が仕掛けられてる。

A　私は外に出たって、都市マネージメントの中、ゼロトレランス政策[★4]の中を散歩するだけ。

B　でもここのこのクソはマンハッタンじゃないし、俺もアメリカ人じゃない。**絶対にち**

がう。俺はインディアンかアンジェラ・デイビスかヴィネトゥ[5]なのかもしれない。だけど、アメリカ人じゃない。

P　でもジュリアーニのゼロトレランス政策はきみの体にも適用されてる。

B　**ひでえな!**

P　この餌食の中で。

F　有鉛ガソリン製の権力テクノロジーの標的なのさ。

F　麻薬やホームレスに対する戦争とは言ってるが、実は貧しい住民に対する戦争にほかならない。

A　**ホームレスに対する戦争とは、世界中に分散した企業の貧しい一部に仕掛けられた戦争に他ならない!**

P　どこに住んでるの?

B　ここには黒人も住んでるのか?

F　いない。**いない!**　ここには、スマートハウス[6]に住む黒人はいない。

P　ルドルフ・ジュリアーニの掲げるゼロトレランス政策はクソBMWの車内で立案され、差別的人口移動政策へまっしぐらに突き進む。

B　**クソ!**

A　町の外でも差別的人口移動政策が加速している。

F　ホームレス問題が、目下最大の懸案らしい。

B　でも考えてみろ、あのソニーだってホームレスのようなもんだ。ソニーはインドにも、アフガンにも、リビアにも展開している。だからこのソニービルなんて**実在してないのさ!**

P　つまりグローバルな資本が回りを巡ってる幽霊タワーってわけだね。

F　電子的に世界をかけまわる銀行さ。

A　しきたりにうるさい金融屋までが、根なし草になった。

P　市場があるところならどこへでも駆けつける。

B　銀行は確かにそうやってきた。

F　銀行とは、精神世界を旅する神だ、それが世俗の時空へ降臨したんだ。

B　俺たちはみんなアフリ……アメリカ人だ!

P　建築家たちはみんなシカゴ出身だから、シカゴ共和国民って呼ばれてる。あの建築家もそうだ。

A　その通り。あの建築家もそうよ。あいつもシカゴ出身だった。女をレイプしまくり、その経験をイタリア風広場の設計に生かした。★7

B　どうしてそんなことになったんだ？

A　インスピレーションが白人男性の特権だからよ。

F　どうしてそんなことになったんだ？

A　インスピレーションが**白人男性の特権だからなの。**だからなぜかそうなっちゃったのよ。

B　建築家の眼力はあなどれない。

P　ほんとだ。

B　やつらは鳥瞰図の視点からデザイナーとして既存のシステムに介入する。イタリア風広場は半分シカゴで設計されたようなもんだ。半分はゴルフをしながら、残りはレイプをしながらだ。

P　どうしてそんなことになったの？

A　あいつはＯＬをレイプしたの。で、その娘と一緒にポルノ撮影をした、カメラもなしによ。それから超ひも理論かハイパーリンクに生じたワームホールを通って職場に戻った。通り抜けられるもっと広い場所がなかったのね。彼は広場が欲しかったし、ダイムラーのために広場の設計もしたかった。それでイタリア風広場の設計を思いついたってわけ。

P　イタリア風広場で南国を思い出せって趣向か。実際そうなったよな。シュトゥットガルト[★8]を思い出させられた。

F　ここの地価を引き上げろ！　この公有地を！

A　どうぞご勝手に。私にはできない。この公有地が放棄されたのは、ソニーとダイムラーの犯罪のせいだわ。私はとにかく**不安なの**！　国にこの問題を処理する能力があるとは思えなくなった。国は**ソニーやダイムラーみたいな犯罪集団**を片付けられないのよ！

B　俺が暮らすこの国は、犯罪集団を**片付け**られない！

F　**ソニー**やドイツ銀行を片付けられない。ドイツ銀行はワールド・トレード・センターの中にあるから、この国の管轄権は及ばない！

P　きみはこのテクノハウスの中で暮らしてる……

A　ここにはインディアンもいるの⁉

F　いない。**いない**！

クリップ。[9]

P　きみはこのテクノハウスで暮らしてる、知的でスマートハウス[10]と呼ばれるこの家で。

B　ああ、そうだが。

A　テクノハウスにスイッチはない、開閉も注文も買い物もすべてオートメーション……

F　……マイホームとサービス産業のインターフェイスだからな。

B　テクノハウスはコミュニケーション技術そのものなんだ。

A　そう、**その通りよ**！　あなたが家の中を歩くと、ハウスが自動的に動いて曲をかけるから、ライフスタイルに合った音楽を楽しめるの……

P　というか、きみの気分にぴったりの音楽だ。目に見えないテクノロジーが皮膚の抵抗から気分を読み取るのさ。

B　その通り、**このファック野郎**、**セリーヌ・ディオンをかけろ**！って気分をだ。

F　テクノロジーが人間の体の間近まで迫ってる。**クソ**！

A　これ全部未来の暮らしのコンセプト！

P　その知的テクノハウスにはセンサー技術とコミュニケーション技術がぎっしりつまってる。

A　あなたはサービス産業に常時接続してる。

F　あそこは双方向サービスシステムだから。

A　エレクトロラックス社の冷蔵庫だわ！

B　俺が冷蔵庫を開くと、食料品のクソセールスマンも同時に中をのぞくってわけだ。

A　冷蔵庫はテクノハウスと常時コミュニケーションを取ってる。

B　あの冷蔵庫は、俺にコミュニケーションを要求する。

P　このハウスでは家庭とサービス産業が双方向コンタクトを直接とっている。

F　そうなるとおまえの家庭はサービスマンだけになる。

P　カードで払ったり小切手を切るのは、客ではなくてきみだ。

A　だって客ったって娼婦ばっかりでしょ。

F　おまえの客は娼婦だ。

A　このクソハウスには、新方式のサービスマン専用出入口がある。

F　男の淫売は裏口から入る。

B　奴は、アナログのサービス出入口を通ってやってくる。俺があらかじめデジタルスラムで見つけておいた男だ。

A　私あんたをワールド・ワイド・ウェブ・スラム[★11]で探したのよ。淫売。

P　ああ、**そうだった！**

B　で、おまえ、今じゃここにいる。俺の家にだ。

P　ああ、**わかってる！**

B　俺のテクノロジー・マイホームは、おまえが体を売ってるスラムへのインターフェイスなんだ。

P　**うるさいな！**

F　クソネット環境でな！

A　双方向性の裏口を通ってやってくる男は、全員淫売だと思って話しかけることにするわ。

B　あんたはサービス業者と常時接続中だ。あそこのあれみたいに！

A　あんたんちは無届風俗店だらけで、みんなホームサービスをしてるんだわ。

F　おまえの家の中で立地マーケティングをやってる。

P　**私は自分を売りたいの。さあ、いらっしゃい!**

B　どっかの企業が液化して、おまえの中に流れ込んだんだな。

P　ああ、**わかってるって!**

F　クソったれ!

A　今あんたはここで自分を売ってる。サービス業じゃないの!

B　おまえは自己マネージメントの餌食になった。

A　ここで強行されるマーケティングのガサ入れがあんたの人生を清算するのよ。何を売ってもいいというところまで指定されちゃうんだから。

F　協調性とコミュニケーションを利用し尽くそうと、おまえの主体性に動員がかかるんだ。

B　ここにあるこの自治体、これが餌食なんだ。

P　立地マーケティング。

F　ここにいる俺たちはみんな何らかコミュニケーションの主体だが……

P　……コミュニケーション自体がこのテクノハウスでは双方向サービスとして商品化さ

れている！

B　俺たちがここでコミュニケーションするのが、サービスなんだ！

A　あんたなんて無届風俗のくせに！

F　人間相手のサービスのおかげで、マイホームは無限に広がっていく。

B　おまえのマイホームは限りなくデッカいけど、それは家の外に広がってる町と同じく、サービスだけから成り立ってるからだ。

P　このサービス・シティこそ、きみのマイホームであり、餌食なんだ。

F　限りなく広がったマイホーム、そこには、おまえとおまえがいつか必要とするありとあらゆるサービスマンが住んでる。クソネット社会め！

B　限りなく愛想のいいマイホーム。

A　この自治体にはいたるところに余った土地があって、主体性に動員がかかる。

F　おまえの主体性が動員されるのは、協調性とコミュニケーションを利用し尽くしてやろうという狙いからだ。

P　ぼくの中に拡散した企業がぼくに、主体性を動員しろってひっきりなしにささやいてる。ぼくの中ではいつもアナウンスが繰り返されてる、どこそこへ行け、荷物に気をつけろ、主体性を動員しろ、**クソくらえだ**！

F　俺という**餌食**の中でささやく声が聞こえる！

P　自分が何なのかも、ここにあるのがどんな企業かも、わからない。**「ここ」のこれだ**！

A　ここの自治体はサービス産業よ。

B　そしてここのポルノは脱肉体化された工場だ。

P　そしてきみはこの脱肉体化された工場で自分の体を売る。この**脱肉体化された工場でクソを**売るんだ！

B　この自治体で。

A　そしてわたしたちは遊休地を清算する……

F　……立地マーケティングに従って。

B　**「俺はクソじみた気分だ」**って言いさえすりゃいい、そうすりゃこの家はリチャード・クレイダーマンをかける。すると俺の気分はだいぶ**まし**になる！　クソ音楽のおかげでましになるんだ。

クリップ。

A　あなたはこのスマートハウスに暮らしているけど、ここには家具と考える物がある。

B　Things that think.

F　考える物はみんなサーフィンもする。ビーチボーイズみたいに。

A　あなたの家の中では、無届風俗たちがみんなでサーフィンしてる。

P　このスマートハウスは自分のことを家だって思いこんでいるけど、ここには商品世界の条件しか住んでいない。

B　この自治体はショッピングカートだ。

P　そう、**俺がそうだ**！

B　この自治体も、外のあの自治体もそうだ。

F　この家はおまえをチェックする！

B　この家の一番知的な器械はＩＤカードリーダーだ。家の中にいる可能性のある人物すべてを想定してプログラミングされたカードを読み取る。彼もしくは彼女がカードを差し込むと、コンピュータは家に誰がいるかを認識し、必要に応じて家のカスタマイズをしてくれる。

A でも、あなたのベッドにはこの無届風俗さんが寝ていて、ホームサービスをしてるんでしょ。

P ぼくはどうせ無届風俗だよ。**クソ**!

A あなたは不動産なの!

F ベッドでは淫売がヤクの売人と寝てる、おまえの家はやつらを追い出したがってる。

「ここ」のこれ!

B この家に移ってきた連中は、犯罪に結び付けられる。

F クソ!

B この家はおまえがコンパニオン代を払うすべての客を追い出しにかかる。

P 全員無届風俗だ。

B おまえはここで常軌を逸したファック人生を送っている、クソ餌食だ! おまえは町と同じ餌食だ!

P ああ、ぼくは餌食だとも!

A あなたは金のためならどこでも寝るし、ファックもする。そんなクソのスターなのよ。

P　ぼくはクソのスター。そうさ、**それがぼくだ！**

F　この家にはヤクの売人しかいない。

P　きみは餌食だ。

A　あなたは公安警察の方針に従って処理される。

P　そうかよ……**ひどいな！**

F　おまえの売人たちはテクノロジー化した自治体に住んでる。非合法サービスのクソどもを家に入れようと思ったら、おまえは絶えず家のプログラミングを変更しなくてはならない。

A　売人のためにはアナログの裏口があるわ。

F　この家はデジタルだから、やつらの侵入を許さない。

P　町とこの家が提供するのは、個人客だ。

A　ここの無届風俗たちも同じものを提供している。

F　家と家の闘争だ。

P　町はきみの個人的ニーズに合わせて自らを商品化する。

F **俺だって**そうしたいさ！

P ぼくは自分を**売り**たいんだ！

A この同じ家の中に同性愛と異性愛が同居してる異常さ、それが私には耐えられない。私の**神経はぶち切れそうだわ！　クソ！**　自分ちのなかのこの社会的異常が我慢できない！　あんたの日常の行動は国家の監視をすり抜けているわね、あんたは犯罪者だから、クソ。私は日常を非合法に組織したり、**アンダーグラウンドで生きてる**人と一緒に生活なんてできない！　**私はそんな神経持ち合わせてないの！……**

F おまえは高額所得者層だよ！　ミッテ[★12]に行ってシックな神経スーツを買ってくるといい！

A 私は規格外の生き方はできないの。結局ここにあるソフトはマイクロソフトかパナソニックのものよね。これってどれもむかつくほど高かったけど、法律やソフトに倫理的**義務を感じない**人をまねしてウイルスに感染するのはごめんだわ！　ここはインテリジェントハウスよ、こんなところで**アングラ生活なんてお門違いだわ！**

B インテリジェントハウスなんて非合法に賃貸に出しゃいいんだ！

P ここでは自己規制する自己責任が強制されるだけじゃないんだ。ここには「法と秩序」だってある！　そして……

B　淫売男や売人は……

A　……有鉛ガソリン製の権力テクノロジーの住人なのよね。ここのガサ入れを見ればわかる。彼らは自己責任だけに縛られてるんじゃない……

B　……流動化した権力テクノロジーじゃなく有鉛ガソリン製の権力テクノロジーの中に住んでる人間だって、まだいるのさ！　アンジェラ・デイビス！

クリップ。

B　現在の社会変動は、集団と**個人**の日常活動にどんな影響を及ぼすか？　全自動化されたマイホームや流動化した企業が出現している。われわれ同士の付き合いも、ガス状の企業風に変わってしまったように思える！　**クソッタレ**！　そしてこれは俺が**おまえと**！　**おまえと一緒に俺の問題を片付けよう**と努力するときに抱く実感とぴったり一致するんだ！　俺はおまえという企業と話がしたいんだが、おまえのコミュニケーションは利用されることしか狙っていないから、俺は金を払っておまえをファックするか、金をもらってファックされるかどっちかしかなくなってしまうんだが、どっちにするかはまったく**俺の気分しだいだ**！　俺たちがここで交している愛についての議論はとても権威的だが、それはこの議論が俺たちの体の中へ流れこんだガスとの商談にすぎないからだ。俺たちの**体液**同士のコミュニケーションはできなくなってしまった。

A　ここに立ちこめているガスは商談なのね。

F　セックスも商談だ！　セックスなんてものは存在せず、おまえのガス状の企業があるだけだ。

B　俺たちはこんな風に向かい合って、企業のガスのことばかり話してる！　このガスは俺たちの社会的ディスプレイを覆っている。「ここ」のこれを！　**この餌食を！**　この顔の中の液化した権力テクノロジーを俺はとても愛してる。ところが、それはあんたの権力テクノロジーや自己テクノロジーだ、そうじゃなきゃ俺のだ、と思い込んでいたのに、実はあんたの企業のものでしかなかったんだ！

A　私が愛してるのはあなたという淫売、それだけよ。私がこよなく愛するのは、あなたの中であなたという企業向けに動員されたコミュニケーションと、偽りの人生を創り出す能力なの。こんな人生あなたのものじゃない、だって生きてるんじゃなくて体を売ってるだけだもの……あなたには生きるなんてできっこない。だけどあたしは**人生を創り出すあなたの創造性**を愛してる、**人生なんてどこにもないから！**　あるのはスピードをやりながら、企業に要求されてコミュニケーションを続けている人生だけ。あなたが企業。自立した人生なんてもうない、クソがあるだけ。企業に要求されてコミュニケーションを続ける人生があるだけ。

P

へっ、ぼくを淫売って呼ぶのかよ、なんらかの人生を生きようと努力しているこのぼくを！　あんただって、ただファックするしか能がなくて、実際にもそれしかしない男とこの**餌食**の中で寝ていたいなんて思わないだろう。そう、あんたはぼくが**人生**とか、なんかそういう**くだらないもの**を生きることを望んでるんだ！　職業とかそんなものを俺が持つことをを求めてるんだ。だったら聞かせてやるよ、ぼくは彫刻家だとか、造園技師だとか、いつかヴッパータールにショップを開くつもりだとかさ。詳しいことはわからないけどさ、とにかくそういうはなしを**聞かせてやるよ！　クソッタレ！**

B

淫売たちは持ってもいない自分の人生を語るのが大好きだ。

F　そう、**俺もそうだ！**

P　**ぼくは持ってもいない自分の人生を語るのが大好きなんだ！**

B　俺たちはここでガスとコミュニケーションしてる、ガスとの魅力的な商談はどちらの側からもやめることはできない、どうして俺はあんたを**こんなに愛しちまったんだ！　このメス豚！**

A　あなたがここのマーケットに居つづけるのに使ってきた自己テクノロジーは、欲しいと望んでるだけで持ってもいない人生としかコミュニケーションしてないのよ。

F　「コントロールされた」自治のもとに人生なんてありえないんだ。

P　自治を求める要求はフレキシブルな労働市場に不可欠だった。現在ぼくがなぜ、自治を**求め**なきゃいけないのか？　きみのDNAが解読され、アナウンスされて流動化する。そのため自治が資本の論理だけに従うようになっている今、自治なんか求められるはずがあるものか？

B　ここのラディカルに変化した生活環境のなかで、伝統的な職業イメージは無効になってしまった。おまえの職業イメージって、どんなもんだった、この淫売？

A　いままたすべての市民的主体の立場を列挙するなんてやめてちょうだい、あなたもポスト・フォード型企業なんでしょ！　あなたがいつも私に語ってくれるクソ職業は、もう存在していないわ。あなたはそれに就いているとか言ってるけど、想像が生み出した人生にすぎないのよ！

P　きみはスピードをたよりに生きるっきゃない、そうでないとしたら遊休地を商品化するテクノロジーを生きるしかないんだ。**そこのクソめ**！　ぼくは自分が何者なのか、ここにあるのがどういう企業なのかもわからない。**この「ここ」が**！

B　いや、おまえはちゃんとわかってる。

P　いいよ、じゃあわかってることにしとこう。ぼくが相手にしてるのは個人客だ。ぼくはこの餌食の中で自分の感情を売ってる。だからぼくが感情をもつということには少なくとも何がしかの価値があるんだ。というのもぼくが感じていることをぼくの企業やあんたみたいなクソ淫売買いに売ること以外に何か価値のあることがあるか、もうわかんなくなってきた。

A　**お黙り**！

F　どんな価値を創造しているときに自分が**感情**を持つのか、もう見当もつかない！

B　売人のくせして。

A でもあんたはまったく何も感じないのよね。

P そんなことないよ。それどころか目一杯感じてる、でなきゃ売れないよ、**クソ感情を**！

F おまえはこのスマートハウスで踊ってるようだけど、踊ってるのはおまえの体じゃなくて、企業だ。

B みんなに愛されているのはおまえの体じゃなくて、おまえというクソ企業なんだ！

F おまえは、企業じゃない体の持ち主はみんな嫌いなんだ。

B おまえのより美しくない企業の持ち主も嫌いだよな。

A **あんたは美形の企業のオーナーよ**！

P そんなこと**わかってる**！

A そしてあんたはここのこれ、つまりあんたの大事な愛人を売り払う、そしてあんたはそうしておきながら彼なんか愛人じゃないっていつまでも語っていられるの、**あんたあそこのクソを愛してるのよ**！

B おまえがベッドからあの淫売野郎を放り出した後で、俺がおまえに、おまえという**餌食**！に、俺の要求を伝えながら、おまえという企業を眺めていると、俺は結局ファックされたいんだってことがわかる。にもかかわらずあいつはやっぱりおまえの大事な愛人なんだ、おまえはあいつを俺とおなじくらいひどく扱ってる。いや俺よりもっと手ひどくだ。おまえは自分の愛するものを、俺よりも手ひどく扱うんだ、**このクソ**！

P ああ、わかったよ、いいからもう**黙ってくれ**！

B そしておまえはここで自分の愛するものを売っ払う！

P まあいいよ、でもきみにもわかるだろう、厳密に市場経済的に考えて、ぼくがいかに感情豊かかってことは。ぼくはぼくの愛しているものをきみに売る、このクソを。

F 誰でも自分の愛するものを売る！

P ぼくは以前自己テクノロジーを探し求めた。それがきみだ。きみがどんな技術で社会的変革を組織するのか興味津々だった……でも……今ぼくはここの企業ガスの中で好奇心を失ってしまった。きみの**テクノロジー**への好奇心をすっかり失ってしまったんだ！

F クソ。いったいどうして？

A あんたはまだ自分の遺伝子連鎖をそんなにたくさん数えられるじゃない。私あんたという企業への興味**なくしたわ**！　あんたのＤＮＡの立地やマーケティングなんかどうでもいいわ。

B　俺も俺たちがコミュニケーションしてるガスへの好奇心なんてなくしたぜ。**このクソ企業**！

F　憎しみや愛の対象は、企業のガスにすぎないんだ。

B　売りに出されていない社会的ディスプレイを覗くことは、もうたぶんできないな！

A　私は餌食を愛したい、あんたっていうクソを。とにかくそうしたいの。あんたの売り物の視線と、売り物の腕が欲しい。そうじゃないと私は何も感じないのよ、あんたはクソよ、でも不意に私を抱いてくれたらいい、だって私もっとたくさん買うのよ、あんたの愛するものだって。あんたここで今日私に売りつけたわね、あんたの愛するものだって言って、この**ちびの街娼**（たちんぼ）なんかをあたしに売りつけておいて！

B　おまえはおまえの企業を、俺の個人的好みにぴったりアレンジする。どういうわけか俺が何を感じたいのか正確にわかってて、そのとおりのものをデリバリーしてくれる。

P　そうさ、そうやってる。ぼくは自分を**売り**たいんだよ！

A　たぶん私、なんでも買えるってことを愛してるんだわ。あんたも、あんたの愛も、私のまわりのこの餌食もよ。たぶん私、シンボル的経済と私のまわりのこの創造的シンボルを愛している。たぶん**私それを愛しているの！**　だとしたら、ここにあるこれはシンボルの経済、つまりシンボル的愛の経済ってことになるわ。でもそれだって**何もないよりはましよ！**

B　俺はもうシンボルを消費してるだけだ。

A　**あんたはどうやって生きてるの？**　知りたいもんだわ、あなたがどうやって**生きてるのか!?　クソ！　言いなさいよ！　いいえ！　だめ！**　あんたがどうやって**生きてる**かなんてやっぱり知りたくないわ！　言わないでね！　**私全然知りたくない！　あんたがどうやって生きてるかなんて知りたくない、でもやっぱり言って！**

P　**だめだ！　絶対言うもんか！**

A　じゃあ、あんたのメールアカウントに侵入してやる。嘘よ、そんなことしないわ。**あんたがどうやって生きてるかなんて、知りたくないもの！**　そうよ、ほんとに知りたくないの。**クソ、言いなさいよ！**　嘘よ、あんたが私に売りつけたものを消費してるほうがましだわ。

クリップ。

F　ここは何なんだ？

B　ヘロインオペラだ。ブルジョア的主体がデブのオペラ歌手を通して歌いだすオペラじゃない。

P　「規格化された」ファックオペラじゃ、貫かれる喜びを浮世離れした声が歌うんだけど。

F　でも俺たちはここではこの世のファックをするわけだから……

P　……このヘロインオペラへ来ようっていう気になったってわけだ。

A　でも私たち、来るのが遅すぎたのか、**足元**をみられたのか、中に入れてくれなかった。

P　**クソ**！

F　オペラのチケットだって都市マネージメントを通じておまえの散歩を規制してるんだぜ！

B　ポツダム広場にあるこのヘロインオペラに来たかったんだ……

F　……ソニーのアイデンティティテクノロジー……

A　よりによって、ここにこんなオペラ造るなんて。

P　連中はあらかじめ、あのクソインフォボックス★13から、低賃金のポルトガル人労働者が歌うのを見た後で、これを造ったんだ！

B　このヘロインオペラは、ヤクを打ちながら歌われるアリアだけでできてる。一番長いアリアは九分間続くんだけど、その間ずっとヘロインの打ち続けだ。それから三分間のアリアが来るんだが、そんときも打ち続けだ。

A　クソ！　**ああああああ！**

F　それを俺たちは見たかった。

A　でもヘロインオペラは餌食の町はずれに粗大ゴミとして捨てられたんだわ！

F　オペラなんか町はずれに捨ててしまえ！

P　そしたら……

B　オペラは危機に立つ。

P　そう、でもポツダム広場だったらありうるんじゃないか。ヘロインオペラも。

A　オペラなんてヤク打って町はずれに捨てろ！

B　でも、町はずれにゃオペラなんてないぜ。オペラの問題、というかヘロインオペラの問題は、セキュリティー政策に従って処理される。だからヘロインアリアみたいなものはありえないんだ。

F 上演なんてありえない。サツに処理されちゃうんじゃな。

B このヘロインオペラのアリアは、ヘロインを打つことだけでできてる。序曲が鳴ってる間にオーケストラの連中がヘロインを打つ。このオペラにはヘロインを打つシーンしか出てこない。**クソいまいましい**！　指揮者の監視下、みんながヘロインを打つ。一曲だけアル中アリアもある。それは五分間の一気飲みだ。でもメインはヘロインだ。**クソいまいましいったらない**！

A それってただの乱痴気騒ぎじゃないの、オペラじゃなくて。

B いいや、そうじゃない。みんな指揮者の監視下でヘロインを打つ。だから、一応整然と進行する。カオス理論に従って打つんじゃない。なにがしかの秩序が関係してるんだ。

P 警官がいたことあるの？

B ない。歌手の中にまじってたか、っていう意味か？

P いや、観客の中にだ。

B いいや、歌手の中にも観客の中にもいなかった。これはヘロインオペラで、サツ・オペラじゃない。

F でも、ヘロインのあるところ、サツありだろ。

B でも、ここにはいないんだ。それで、別に調子が狂うわけじゃない。

P でもマリファナのあるところにサツありで、ぼくのいるところには**サツ**がいる！

B **でもここにはいないんだ！**

F 何が聞けるんだ？

B なんだって？

A 何が聞けるのよ、そのオペラでは？

B 何も聞けない。見るためのアリアしかやってないんだ。

P それじゃあオペラじゃなくて……

B なんなんだ？

F 映画じゃないか。

B そうじゃない、オペラだよ、ヘロインオペラなんだ。**はっきりそう言ったろ！**

P ギャーギャーギャー歌うのはやめてくれ。

A 私たちにオペラの話なんかしないでよ。

F　そのオペラって、レコード出てるのか？

B　いいや、出てない。**いいや、出てない！**　針は再生には適さない。再生はできる、レコードだから、でも針はなしだ。

A　何があるの？

B　ヘロイン。**ヘロインだよ！**

P　人間は？

B　ヤク中だ。**ヤク中だよ！**

A　ブルジョア的主体じゃなくて、ヤク中がデブのオペラ歌手を通して歌うのね。

P　で、B面はどうなってるの？

B　このオペラにはB面なんてないんだ！

F　ヤク中が使った針なんて、餌食の町はずれに捨てちまえ！

B　このオペラはレコードにはなってない。かけたいんなら針なしでかけろ。

A　何が聞けるのよ？

B　**ヘロインだ！**　もう**我慢**できない！　こんなこと我慢したことなんかないぞ。

P　わかったよ、きみはヘロインオペラにいた。何を期待して入ったんだ？

B　とにかく三時間半の**ヘロイン打ちっぱなし**じゃない！　**とにかく違う**!!　俺が**見たかったた**のは、それじゃない！

A　そう、じゃあ何なのよ？

B　歌が歌われると思ってたんだ。ブルジョア的主体を通して歌われる。アリアがだ。アリアがブルジョワの安全と秩序と遠近法にしたがって、高みから朗々と歌われると思ってた。音楽が聞きたかったんだ。それとも、サツが聞きたかったのかな。**もうあまり詳しいことは**覚えてない！

P　ヘロインを打ってたんだろ。なのにやつらなんで歌うことになったんだ？

B　とにかく別の世界の話だろうと思ってた。感覚を超えた世界の話だろうと思ってた。普通オペラはそうやって作られるんだ。ブルジョア的主体が太ったオペラ歌手の口を通して、自分のことを歌うんだ。

A　ヤク中のことも歌えたはずなのに。

F　勝手に買い物してくれる肥満冷蔵庫のことも歌えたさ。

A　……スマートハウスそなえつけ！　スマートハウスオペラね。

B　そうか、それだってできたかもな。でもやつらには関心がなかった。ヘロインをやりながら歌うことに関心はなかったんだ。

P　でも関心のあるオペラ歌手だっているよ。そいつらはヘロインをやりながら歌う。

B　そうかも、でも連中が歌うのはきっとヴェルディとかなんとかとかマイヤーベーアとかだろう。連中は**ヘロインオペラではヤクは打たねえんだ!**

A　わかったわ、落ち着いてよ、そして冷蔵庫んとこへ行ってらっしゃい。

B　いやだ。**いやだ!**

P　コーラスは何してたんだろう?

B　**ヘロインを打ってた!**

F　なんだって?

B　ヘロインを打ってたんだって。コーラスだってヘロインやって悪いわけないだろ。やつらはみんな打ってたんだ。あそこに立ってたやつ全員がそうだ。脂ぎっててかさばるデブばっかだ。

P　デブのオペラ歌手。

B　みんなデブだ。あんなデブのオペラ歌手は見たことがない。ヤクのせいでデブになったんだ。たぶんポイントは共鳴だ。響きと効果が大事なんだ。おまえだってデブになりゃ、声はずっとよく響くようになるのさ。
F　オペラ歌手はデブほど声がよく響く。
P　あいつらは自分の共鳴体にヘロインを打つ。
B　その通り。指揮者は絶対音感の持ち主だった。あいつの監督下でみんなやりまくった。
あいつがどういうわけか全員を指揮したんだ。
A　何をやりまくったの？
B　**ヘロインだ！**
P　わめくのはやめてくれ。きみの声はヘロインオペラみたいに響く。
A　喋りちらさないでよ。クスリのこと話すのもやめて。
B　まだ全然はじめてないんだぜ。
P　ぼくたちにオペラの話なんかするなよ。
B　**まだ全然はじめてないぞ。**
A　ヒステリックにならないで！
B　**まだ全然はじめてない。**
P　オペラ歌手だか、ブルジョア的主体だか知らないが……一度舞台にのぼってあいつらのへアメークをめちゃめちゃにしてやりたいよ。

F　Just do it！

P　公園行って散歩でもしてこい！

クリップ。

P　ぼくはどういうわけか常時破壊されている。

A　私はどういうわけか常時破壊されている。

B　俺はどういうわけか常時破壊されている、この**餌食**に！

P　ぼくたちはここのこの餌食の中で暮らしてる、そして……

F　おまえは餌食の臭いしかしない。

B　俺のマイホームとサービス業者の間に突然コミュニケーションだけが成立するなんてありえない。サービス産業と俺の家との相互作用が突然完全なコミュニケーションになって、それが家ん中でなにがしかの意味を持つなんてことはありえないんだ。

A　私たちの説明モデルには、もう動員力はないんだわ。

P　説明を聞いて説得はするんだけど、何かに動員されたっていう気にはならない。ともかく感じるのは**動員**とは違うな。

A　さあ、私あんたの隣で寝てるのよ。SAP[★14]の元ソフトウエアコンサルタントでチビの街娼（たちんぼ）さん！

F　みんなが突然淫売として働きはじめる。

A　そもそもこれがあんたの仕事だったらいいのにね。自分のためになんらかの**人生を考え出す**なんていう、あんたの企業に動員されてしまった創造性だけじゃなくて！

B　ここじゃあみんな自分の人生を考え出す前に、仕事を考え出すのさ。

P　投資家の利害に自分を売り渡すわけだ！

F　そして、すげえ。ここじゃペニスを挿入されるのは男だけだとよ。

A　Just do it !

F　**くだらねえ愛だよな**！

P　きみに惚れるってのがどういうことか、わかってたらよかったよ！　三分前みたいにさ。まだわかってたらよかった、きみは**クソ企業だ**！

F　向こうのベッドに寝ているおまえのかわいいツラが見えるぜ、おまえとおまえの大事な恋人の淫売が……

F　そう、おまえは俺の大事な恋人だ、**このエロ豚め！**

F　……俺は在宅勤務中に盗んだおまえのメールアカウントを利用して突きとめたんだ。そこにはおまえたち、おまえとおまえの恋人が寝てて、俺はおまえたちのラブストーリーに金をはらうわけだ……

F　おまえに言ったよな、俺とファックしてくれって。おまえは思い出したらしいってわかった、だっておまえはおまえの大事な恋人を脇に追いやって、俺にファック信号を送ってきたからな。**クソ餌食野郎！　俺はおまえが好きなんだ。おまえは俺への純粋な愛から、まるで企業みたいにふるまいやがる！**

P　**黙れよ！　そうしてやるから！**

B　おまえはここで規制緩和された感情を売りに出してる。おまえのやっかいな人生を処理したり、組織しなおしたりするためだ。

A　**あんたったらジャンキーなんだから！**

F　おまえんちのジャンキーたち！

B　このスマートハウスには売人しかいないんだ。

P　あいつらはそこらじゅうでサーフィンしている！　きみのこの社会的活動圏、っていうかこのテクノロジー的全自動マイホームって、監視という観点とサービス産業との双方向化という観点からしか主題化されないんだよな。

A　あんたの社会的ディスプレイっていうか、**そのあんたのかわいらしいツラってさ、何なのかもうよくわかんなくなってきちゃった！**　けど、双方向的サービス企業に過ぎないってことは確かだわ。

B　それは結構な立地でもあるぜ、クソ餌食野郎！

P　ぼくは都市や餌食について考える、そしてそこに寝転がって、ファックされたり、撮影されたりする、そしてまた都市についてじっくり考える、ぼくの周囲のジャンキー・パーク、こいつは問題だ！

B　企業色の際だつこのガスだ、工場の身体性を消し去ってしまったのは……

F　でもここはまだポルノに身体性が残ってる、まだ残ってるんだ……

P　きみなんてポルノスターとして活性化されたクソだ！

B　この家のソフトウエアは、仕事と家庭と余暇のリズムが日常どう体験されるかを再現してみせる……

P　でもぼくの日常のリズムは**ガサ入れだよ！**

F　クソ売人！

A　私、この**ポルノ**でとっかえひっかえできるセックスパートナーがいっぱいいる！　このマイホームは私たちの生活スタイルに合ってない、だからここのソフトウエアはずっと危機的状況にあるのよ。

F　**ソフトウエアは危機に瀕してる！**

A　パナソニックのソフトウエアは、ここに新しくできたガス状工場には適合しないの……

P　ここに企業が生活してるっていう実態にもな。

A　コカイン抜きのこのマイホームでポルノが撮影されるなんて、予想もしてないと思うわ。

P　あんたがファックのとき、どっかにつかまんなきゃならないなんてこともね！　取っ手とか**人生**とかにさ！

B　俺だってここのどっかに**つかまることができなきゃ**ならないんだ！

A　因襲にとらわれない私たちの日々の活動のせいで、この家、というかここのソフトウエアがしょっちゅうウイルスに感染してる。

B　このファックされた家は、ウイルスに感染してるんだ！

クリップ。

B　俺はこの家にいながら、グローバル経済の中の自分の位置を読み取ることができるようになりたい、だからこれらのシンボルすべてを消費しなきゃならないんだ。ここの「これ」もだ。そしておまえも、そしておまえもだ！

F　**黙れ**！

B　俺が知りたいのは自分がどこにいるかじゃなく、グローバル経済の中の俺の正確な位置とはなにかってことだ！　そこにあるネットサーフィンする冷蔵庫やディスプレイは、ネット上にあるおまえのスラムとのインターフェイスになってる。

A　それがグローバル経済でのあなたの位置なのね、企業であるあなたの。あなたはこのウェブ・カム[★15]の前から離れられない。あなたという企業が提供するのは、個人客。あなたがウェブ・カムの前でどんなポジションを取らなきゃいけないか、メールで指示してあげてもいいわよ。グローバル経済の中でのあなたの位置は、カーマスートラ[16]に出てるわ!

P **黙れ!** そうだ、こいつを売っちゃおう。**ぼくは自分を売りたいんだ! もう我慢ができない!**

F このヤッピーは食事に出たいんだと。

B 俺たちはあんたの家をじっくり見るために、ここにきたんだ。

A そう、まあいいけど、どうして? **どうしてなの?** そんなにじろじろ私の家を見ないでよ!

P そういわれても、見るさ。ここら辺へアーティストがたくさん引っ越してきたから、なにか**ある**に違いないってぼくたちは思ってたのさ。

B フリードリッヒスハイン[17]は突然アーティストの街になった。

A ちがう。**ちがう!**

B ヤッピーたちはみんなどこへ**食事に**行くんだ? このジャンキー・パークで? ここではどこへ飯食いに行けばいいんだ? ノートパソコンだって何かは食わなきゃならないんだ!

A　それはそうだけど、私の家ではお断りよ！

P　やつらはここで自分たちのシンボルを消費したがってる。

A　何？　**何？**　だめよぜったい!!

B　彼女が恐れているのは、自分の家で犯罪が起こり、ゲットーが生まれ、ヤッピーがたむろすることだ。

P　ヤッピーは何か食べなきゃならないし、かっこいい食べ物じゃなきゃだめなんだ。

A　ここの食事はクソに見える。ここでヤッピーに食事されたくないわ。連中は私の家で体験型産業を強化しようとしてるのよ、**エロ豚ども！**

B　あんたの家をよく見たいんだ！

A　でもあんたには案内なんかしないからね、**エロ豚！**

P　ヤッピー・スマートハウスのガサ入れだ。

F　あいつらとしてもとにかく、ここでどうやって消費が組織されるのか、見ておかないわけにはいかないんだ。

A　でも私はここで何かが消費されるのはいやよ。**私のマイホームは体験ホームじゃないんだから！**

B　マイホームを体験ホームとして売りに出せ！

P　この町ではもはや何も生産されない。あんたの**マイホーム**での消費要因と余暇要因は付随的な雇用効果として働く。そしてそれは市当局が抱く多幸症的希望からみて、つまり付随的税収からみて重要なのだ。

A　打ち上げ花火の連発はやめて！　爆竹を鳴らして回るのもやめて！　最後の言葉が分からなかったわ。市当局とか聞こえたけど。

P　そう、その通り、そう言った。

A　市当局って聞こえたのよ、**このエロ豚**！

P　そうさ、そう言った。

F　この火炎瓶は、「**市当局**」って爆音をたてるんだ！

P　ここで何がはじまったんだい？

B　五分間の市街戦、カットなし！

A　どうぞ、私にお構いなく体験したらいいわ、ヤッピー・ギャングのことを言ってるのよ、連中はこの町を自分たちで分け合う、でも**私**の家ではやめてね！　ああ、なんてこと！　今、ここに全く縁もゆかりもない連中が、私の家へ食事に押しかけようとしてる……この**クソ**街区！にある私のマイホームは、町なかのテーマパーク向けアウトドア広場じゃないのよ！　私が言いたかったのはもちろんインドア会場ってこと、**クソ**、私のマイホームは絶対アウトドアじゃない。マイホームは室内だもの！　私のマイホームはこの**室内**よ!!　——なーんてそれも間違いだったわ、境界なきマイホームなんてものについてずっとおしゃべりしてたからこんなことになっちゃう!!　——だからあんたはそんなもの**じろじろ**見ないの！

P　家の中に体験型パークがある。

F　あんたのマイホームはひとつの体験ってわけだ、そうだろ、おまえ。

A　まあいいけど、**あなた**用じゃないからね！　**クソ**！　この辺にごろごろしてるのは、みんなもうクソばっかし。これって私のプライバシーだからね！　それって昔は意味があったのに。人間同士の間の嘘とか秘密とか。いえ、そうじゃなくて、**二人の人間の間のありとあらゆる嘘！　それって昔は意味があった！　すべての嘘に！　あのころはとにかくまだ何かがあった、そうよね？　真実は私たちの間では何の意味も持たなかったけど、嘘、そう、美しい嘘は存在していた！**

クリップ。

A　このスマートハウスの中のアナログとデジタルの異種混合に、私の神経はもうついていけない！　本当なら私のセキュリティーに役立つはずのガサ入れに、自分の家の中で巻き込まれるなんて。そんなこと**我慢できない**！　私は「シェーナー・ヴォーネン」★18おすすめのインテリアでくつろいでいるほうがいいわ。

P　くつろいだらいいじゃないか、ほらそこのソファの上なんかどうだい、ただ後からどくことになるけど。

A　ガサ入れで脅さないで！　私はどかないわよ。どいたほうがくつろげるでしょうけど、私はどかないわ。

P　いや、どくね。

B　このくつろぎのソファにのったままどくことになる。

A　**どかないの**！　くつろぎとガサ入れとは二つの全く別の**事柄よ**！

P　でもきみはどくよ。

F　そのソファが載ってる「シェーナー・ヴォーネン」に、おまえなんか出てこないじゃないか。

A　ちゃんと私のソファの上に座ってるじゃないの！　**ここよ！**　どうなのよ、いるの、それとも**いないの**？

P　一応、ソファに座ってはいるけど、いるって言えるかどうか！　こんなちっぽけじゃ！

A　私、餌食の町はずれにあるマイホームにいるときはいつも座ってるわ。だいいちほんとに交通の便が悪いの。ここをどくのは、夫が外出するときだけ。**強制的に連れ出されるってわけよ、クソ！**　だから私には――二四時間、七日、一週間――ここで**くつろぐ**以外に何もすることがないの！

B　そもそもなんで結婚なんかしたんだ？

A　お黙り！

クリップ。

B　俺たちは映画館にいた。

P　メガファック・シネマセンターで「ブギー・ナイツ」[★19]を観てたんだ。この町の映画館さ。

B　で、その映画の中じゃどういうわけかみんなポルノ産業で働いてる。バート・レイノルズのセリフは例えばこんなふうだったな、「映画を作るにはすごい金がいる、カメラとフィルムとスタジオ代と役者と吹き替えと編集と……。突如三万ドルとか四万ドルとかの金が消える……」

F　それだって**ひどく安い**ぜ！

P　**黙ってろ！**

F　おまえ今でも五マルクか十マルクの金のためにやる気あんのか、このクソ野郎？

B　何の話だ？

F　百八十キロでぶっ飛ばしたきゃ十マルク、**それにしても俺は一日中いったい何の話をしてるんだ！　我慢できねえ！**

P　**きみはコミュニケーションの主体だろ！**

F　百二十キロクラスなら五マルクってとこだ。

B　おまえってほんとに**安い**よな！

P ああ、クソ！　ぼくはこんなに**安い**！　**我慢**できるか！

F 無届風俗が何言ってる。

P このポルノ産業でも、証券取引所みたいな淫らな空間と同じように、みんながやってることは自分たちの汚らしい幻想の交換だ。ただポルノ産業では労働者の男女比はほぼ同じだ！　もしここで誰かが、「きみはヨーロッパ大陸いちのエロい肉の塊だぜ、尊敬するよ」って言ったら、「なんてチャーミングな人なの！」って答えが返ってくる。でも女がひとりもいない証券取引所じゃ、そんな返事は聞けっこない。性差別的スクリーンセーバーしかないような場所だもんな。

B ポルノ産業に関わってるアーティストにとって唯一問題なのは、芸術と呼んでもいい作品の上映中に、観客があたふた映画館から出て行ってしまうってことだ。とにかくバート・レイノルズの大いなる憧れってのは、お客が「イった」あともみんな席に座っててくれることなんだ。だってそれこそ映画が「エキサイティングで芸術的である」証拠だもんな。でもクソに芸術を求めるやつなんかいるか？　まあ有難いことに「ブギー・ナイツ」もそれには成功してない、もし成功してたら映画はわざとらしい**嘘**になっちまったところだ！　これがドイツ銀行なんかだと、クソにも芸術性を求めるし、また**何とか実際に**芸術みたいに見せちまうんだ！　でもバート・レイノルズはポルノを芸術へ変えられなかった。すげえのは、映画に出てくる全員が芸術なんて関係ありませんみたいな話し方するところだ。でもそのせいで連中は銀行に行って、「私はヨーロッパ大陸いちの刺激的な肉体の持ち主なの、融資をお願いするわ」って頼むこともできない。一銭も手にはいらねえんだよな。

A

あなた私とポルノ撮りたいの？　頭がおかしいんじゃない？　だめ、私はやらないわよ。ポルノなんて撮らないわ。絶対だめ。だめ、ポルノは撮らないから。私ぬきでやって。わかったわよ、みんなでポルノを撮りましょ！　**構わないわ！**　でも女は使わないで。私、女とはベッドに入らないからね！　そんなことしたら、このテクノロジーハウスのソフトウエアがウイルスに感染して、神経がやられちゃう。パナソニックはこんな父権的資本主義プログラムしかないの。私このパナソニック製のをインストールしちゃったから、**女となんてできないの！**　そんなことやらないからね。絶対だめ。女と一緒だなんて。じゃあ、いいわよ、そんなら**メスどもを連れてらっしゃい！**　ただしペットはだめよ！　ペットとは演技しないから。このスマートハウスは訪問客はみんなセキュリティー政策に沿って処理してるから、ここで私の相手をするような番犬はもういないわ。この家には犬なんて一匹もいない、ジュリアーニのゼロトレランステクノロジー[20]があるだけよ！　そんなもんとベッドインできるわけないじゃない。私はそんなのや犬とはやらないからね。ポルノファックの後って、気が滅入るのよ！　でも私を家まで送ってくれる豚はいないでしょ。

B

みんな脳みそだけでファックしてる、この家でも、この町でもそう。でもそんなのはもう時代遅れだ。俺の夢は映画を、芸術的でスリリングでまっとうなポルノ映画を作ることだ。

A

じゃあ、そうしたら、でも私ぬきでお願いね。私はここでファックなんかしたくないし、まして**スリリング**なんてごめんだわ！　そもそもファックに**芸術性**なんて求めてないし！　ここのクソ、この社会的硬さ、どうやら**いま本気みたい**！　**スリリング**なんていらない！　あんたが芸術にかかわってる間、ここでこんなクソ奴隷サービス労働やるなんてまっぴらよ、このクソ。ここでクソに**芸術性**なんて求めるもんか！　そうね、いいわ。でも私、ポルノ撮影が終わった後、どうやって家に帰ればいいの。街はずれの私の家へ帰る交通機関、とにかくひどく不便なの。

F

彼女はポルノのあと、どうやって**家に**帰るんだ？

A　食事は射精の前か後かってことも今すぐ**知って**おきたいわ！　ポルノ撮影中の日常生活をきちんとしておかなくっちゃ。日常生活って芸術やポルノだけに従うものじゃないのよ、このクソ。私は、意志決定に周縁的にしか関ってないから。何で**私が監督**じゃないのよ！

B　黙れ、おまえはスターだ、スターだ、スターだ！

F　そう、分かってる、俺は**ここのクソの中のスターだ**！

A　あんたの体は遊休地なんだから、今ポルノスターとして活用しなくちゃ。

F　でも、そんなこと俺は**したくない**！

P　ああ、**わかるよ**！

F　**このクソを風俗として活用しろ**！

P　わからないわ、坊や、ママにはまったく認められない、おまえが俳優になりたいだなんて。

F　でもこれはポルノなんだよ、ママ、ぼくはポルノに出るんだ、ポルノはテレビみたいなクソじゃない。ちゃんとしたものだよ。ぼく、しっかりファックするから。

P　あら、そうなの。まあ、そんならねえ。おまえがファッカーになりたいっていうんなら、わかったわ。そんならねえ。

F　考えてみてよ、ママ、ぼくはファックみたいなことで金を稼げるんだ。

P　そう、すごいじゃないの、坊や、ちゃんとやれるわね、でそれって異性愛の映画よね。

B　だが、真面目な話、おまえは**そんなものの上に未来を築くことはできない**！

A　**あんた未来なんてあるの**？

F　ああ、もちろん異性愛の映画さ、ケツの穴掘られるんじゃないんだ。そんなの**未来**じゃないさ！　ファックされるんでもない。やられるままなんてとんでもない。ごく自然にファックするのさ。いちばん得意でいちばん好きなことで、金が稼げるんだ。

P　あら、すごいわねえ。おまえは私の誇りよ。異性愛者としてお金を稼ぐんだね。**クソ**！

A　あんた未来なんてあるの？

クリップ。

P　このファックは**社会の硬さ**だ！　まあいい、ファックはポルノの中で行われ、撮影される、クソ。ぼくにはぜんぜん区別がつかない、今ぼくをファックしてるのがドイツ銀行なのか、それともポルノ俳優の誰かなのか。ぼくはクソに**芸術性なんか求めない！**　でもこのファックはなんたって社会の**硬さ**だ！　そのくらいわかる……ちょっと待ってくれ……手すりはどこだ、これじゃつかまれない！　なんのつかみどころもないマイホーム、これじゃ「挿入される」ときにつかまれないじゃないか。

F　おまえが捜している現実空間はすべて……

A　あんたがファックされるだけの空間。

F　おまえがファックされる現実空間はすべて！……!!

P　ぼくは現実空間にファックされる、そしてその空間というのがいまいましい**ドイツ銀行**なんだ。

B　そうか。おまえはドイツ銀行にファックされるんだな、だったらこれは確かにポルノだ。でも、おまえは**ドイツ銀行の中でファックされる**んじゃない！　ヴァーチャルにやられるにすぎないんだ！　このクソ銀行は世界をグローバルにかけまわっているんだから！

P　いや、ぼくは**窓口**のまん前でファックされる。**窓口の並んだホールで**直接に。リュペルツ[★21]なんかの絵が掛かっている前、オナニストたちの目の前、**ドイツ銀行**の株主用体験型美術館の中でファックされる。行員たちがクソ銀行の文化的価値を引き上げている間に、クソ、造形芸術と目と目を見交わしながらファックされるんだ。

A　ドイツ銀行はまさに芸術的な銀行であろうとしている。でもそれって**普通よ！** 私は銀行が**芸術的**であることも求めないし、**芸術的**ファックも**いや！** ドイツ銀行にファックされている間、ずっと造形芸術を見つめているなんてたまらない。

F　彼女どうしたんだ？

P　なんでもない、神経さ。神経がへばってるんだ。

B　そうだ、そのとおり。

P　ベルサーチの神経スーツが効くよ。

F　そんなブランド品、彼女に買えるわけないだろう。

B　それでもあいつ持ってるぜ。

A　よくわかんないんだけど、頭か目にゴルフボールがぶつかったの。オペラ座でよ。舞台で歌が歌われてるのに、金持ちのスケベどもは客席でゴルフをはじめた。いつのまにか私目が見えなくなって、ヒステリー起こしてた。舞台で歌ってるのに誰も聞いてないの。**みんなゴルフばっかしやってんのよ！**

P　目が見えなくなるヒステリーの症例があるってよ。

A　**あら、そんな⁉**

B　自分のいる場所が、どうしてわかったんだ？

A　何も見えなかったけど、もちろんずっと叫びっぱなしよ。それで場所がわかったの。叫んでると、自分がどこにいるかわかったのよ。

F　で、それはどこだったんだ？

A　オペラ座の中よ。オペラ座で方向感覚を取り戻したのよ。

P　オペラ座の中で叫んだのか？

A　そうよ。叫んだわ。

P　なぜ？

A　自分の位置を知るためなの。**自分の位置を知るため**。自分がどこにいるかわからなかった、ゴルフ場なのかそれともオペラ座なのか、見当がつかなかった。私は絶望した。絶望したら自分の位置がわかった。だってそこでは絶望がブルジョア的に歌われていたんだもの。

P そうか、**ぼくもやるぞ！**

B それって公共の広場だったんじゃないかな。たぶんそんなところだ。オペラ座のように聞こえただけだ。

A **いいえ、私はオペラ座にいたの**。イタリア風広場じゃない。**オペラ座**だったわ！

B オペラの主題は何だったんだ？

A カオス理論だったわ。女性歌手たちは心拍に変調をきたしていたし、カスタネットを扱えない音楽家もいた。

F やつらハイになってたろう？

A いいえ、ハイだったのはスコアよ、すっごく速かった、それとも指揮者がスピードやってたのかも。そんなところだわ。

F ジェットセットのスピード中毒ＤＪたち。

A 光速の十四倍のスピードで演奏してた。演奏時間は百兆分の一秒だった。

P 何が百兆分の一秒だったって？

A オペラよ。スピードやってたにちがいないわ。

B　おまえもつまんないもの吸ってたんだろう？

A　いいえ、吸わなかったわ。人間的な温かみを求めてウォッカを一杯ひっかけただけよ。

P　理解できたのか？

A　誰を？

P　オペラをだよ。

B　タイトルはあったのか？

A　ええ、あったけど、私目が見えなかった。神経がへたってたの。ゴルフボールが飛び交い、みんなそこらじゅうで叫んでた。なんとか**最後に私の安ものの神経スーツに**もぐりこめたわ！

P　あんたはオペラの歌姫、そういうこと？

A　そうよ、そういうこと。

F　空でも飛んだのか。

A　いいえ、私はオペラ歌手よ。**私は飛行機じゃないわ**。オペラ歌手。神経がへたってて、飛ぶのが怖いし、舞台ではあがるし。なんだったか**もうよく**わかんないわ。

P　たぶんみんな飛行機だったんだ。

A　違うわ、みんな飛行機じゃなくて、オペラ歌手だった。

B　ひょっとしておまえ飛行機の格納庫にいたんじゃないのか？

A　違う、私はオペラ座にいたの。

F　どこのオペラ座？

A　法王庁のトイレで公演したオペラなの。ローマ法王のトイレで公演したの。法王のトイレよ。ヴァチカンのトイレ。室内オペラだった。街娼（たちんぼ）とのファックとか、なんかそんな内容だったわ。観客のなかのゴルフプレーヤーは全員トイレに向かってショットしたのよ。**クソ**！

B　女たちはヒステリーになったのか？

A　なったわ。ほとんど全員が。

F　誰が歌ったんだい？

A　ローマ法王よ。

P　法王はヤクづけだったのか？

A　**そう**だったかも。とにかく私はヘロインオペラに行きたいと願ってたのよ！

B　ここは禁煙だぜ、このスマートハウスは！

A　ダメなの⁉　マノマノマノマン。

P　なんだって？

A　**マノマノマノマン**！

クリップ。

A　私が本当に愛しているのは、あんたたちの中の誰なんだろう？　ここにいる街娼（たちんぼ）やポルノのプロデューサーたちの誰が私の愛する人なのかしら。

P　**誰なんだ**？

B　わかるもんか。**わかるもんか**！

A　私のささやかな人生または企業を、私は**今ここにいる**どのファックプロデューサーと分け合いたいんだろう？

B　っていうか、ここには分け合えるものなんてないんじゃないか？　自分に訊いてみたことあるのか？

A 自分に訊いたかって？　**このエロ豚！**　いいえ、**いいえ！**　**結構だわ！**　まあいいことにしましょう。私たちコミュニケーションできるんですもの。私たちのちっぽけな企業もあんたの企業とコミュニケーションできる。何かを伝えることも分け合うことよ。じゃあ、**私のささやかなファック企業をあんたに伝えてあげる！**

P あんたの家はこいつら淫売だらけだ。

F こんなにたくさんの客があるなんて、パナソニックも予想してなかっただろう。

クリップ。

B 大都市で排斥される集団の数が増加すると同時に**セキュリティー維持**対策費の支出が増大していることは、西欧の産業社会が、十九世紀まで西欧社会を特徴づけていた抑圧的な拘禁モデルに再接近しつつあることの証左である。**名誉回復と社会復帰**より、処刑と拘禁と**排除**が優先される！　大西洋の向こう側を見れば、今後どのような展開になるか明らかだ。現在アメリカ合衆国では、六百万人以上の国民、つまり成人人口のほぼ5パーセントが何らかの刑法による監視下に置かれている。いわゆる麻薬犯罪に対する戦いとは、その意味では**排斥された自国民に対する戦い**でしかないのだ！

終

訳注

★1—この戯曲は、二〇〇一年秋から二〇〇二年夏シーズンの公演に出演した俳優の名前で書かれている。二〇〇二年冬から二〇〇三年夏シーズンでは、フィリップ・ホーホマイアの代わりにヘンドリク・アルンストが演じた。

★2—本文中の太字の箇所は、原文では大文字で強調されている。

★3—一九七〇年代に活動したアメリカの新左翼系黒人女性革命家。

★4—ニューヨーク市では、一九九四年に検事出身のルドルフ・ジュリアーニが治安回復を公約に市長に当選。警察官を大幅に増員して街頭パトロールを強化し、落書き、万引き、違法駐車、飲酒運転などの軽犯罪を徹底的に取り締まり、屋台やポルノショップを厳しく規制し、ホームレスを保護施設に収容して労働を強制するといった「ゼロ・トレランス政策」（ゼロ寛容政策）と呼ばれる一連の治安対策を実施した。

★5—一九世紀末に大衆作家カール・マイがアメリカ西部を舞台に描いた小説『ヴィネトゥ』の主人公。

★6—一九八七年にアメリカで始まった共同研究プロジェクト。アメリカ司法省が認可し、アメリカ、カナダを中心とする四十のメーカーによって進められた。目覚まし時計に連動して照明がつき、コーヒーが沸かされるといったように、住宅に配線システムを組み込み、チップの埋め込まれた家電を使って、機器相互の、あるいは外部とのネットワークを構築することが研究された。ポレシュの作品には『スマートハウス一&二』もある。

★7—ベルリンのポツダム広場再開発が揶揄されている。ベルリンの壁崩壊後、ポツダム広場はダイムラー・ベンツとソニーの二社を中心とした私企業グループに売却された。一九九二年に二社はコンペを開催し、ドイツ出身でシカゴを拠点に活躍する建築家ヘルムート・ヤーンがソニー・センターを、ポンピドゥセンター等で有名なイタリアの建築家レンゾ・ピアノがダイムラー・シティーをそれぞれ獲得した。ポレシェは、シカゴの建築家がイタリア風広場を設計したことにしている。

★8―シュトゥットガルトにはダイムラーの本部がある。

★9―宣伝用の短いミュージックビデオのことだが、ポレシェ自身の演出では、短いパフォーマンスが演じられる。詳しくは訳者解題参照。

★10―注六参照。

★11―ポレシュは、『ワールド・ワイド・ウェブ・スラム』というタイトルの戯曲集を出版している。

★12―ベルリンの中心街区。ギャラリーやショップが多い。

★13―ポツダム広場再開発工事の現場には、完成時の姿を示す展示や工事現場への見晴らしを提供するインフォボックスという見学者用の赤い建物が作られ、観光客で賑わった。

★14―コンピューターソフトメーカーの会社名。

★15―屋内外に設置され、インターネットを通して映像を見ることができる無人カメラ。

★16―古代インドの性愛論書のひとつ。

★17―ベルリン市東部の地区の名前。

★18―インテリア雑誌。

★19—一九九七年製作のアメリカ映画、ポール・トーマス・アンダーソン監督。ポルノ映画界のスターになった青年が、コカインに溺れて転落する様を描いている。出演マーク・ウォールバーグ、バート・レイノルズなど。

★20—注四参照。

★21—マルクス・リュペルツ。1941年生まれの画家、彫刻家。

訳者解題

ネオリベラリズムなんか、クソくらえ!

新野守広

ルネ・ポレシュは、伝統的な演劇に反発する世代の旗手である。一九六二年に生まれたポレシュは、ギーセン大学で演劇学を学んだ。指導教授は『ポストドラマ演劇』[★1]の著者であるハンス＝ティース・レーマン、客員教授にハイナー・ミュラーとジョン・ジェスランがいた。ロンドンのロイヤル・コート・シアターに留学し、ハロルド・ピンターの指導も受けた。ポレシュの戯曲は、一九九二年にフランクフルトのTAT劇場で『スプラッターブールヴァード』が初演されて以来、主にTAT劇場やスイスのルツェルン劇場、ベルリンのポーデヴィル、フォルクスビューネ付属の小スペースであるプラーターといった若い演劇人の発掘を心がける小規模な劇場で取り上げられてきた。本作『餌食としての都市』は二〇〇一年九月にベルリンのプラーターで初演された。演出はポレシュ自身である。この年はポレシュにとって飛躍の年となり、『餌食としての都市』と『マイホームのインソーシング』、および『セックス—メイ・ウェストによる』というプラーター三部作を上演し、三作とも二〇〇二年五月のベルリン演劇祭に招待されている。

ポレシュの演劇は、従来の戯曲と演出の概念からはかなり遠い。『餌食としての都市（Stadt als Beute）』は対話劇でもなく、モノローグでもない。台詞の内容はネオリベラルな社会の非人間的な実態を告発しているが、その文体は独特に混交している。論説調の硬い文章が語られているさなかに、突然「クソ！」といったののしりの言葉が現れる。ソニーやダイムラーといった世界的大企業が政府と一体となって進めたベルリンの中心部ポツダム広場の再開発事業を、男性性のマッチョな性格とダブらせて揶揄するうちに、文章はどこか奇妙にねじれていき、いつの間にかヘロインオペラといった奇想天外なジャンキーの世界になだれ込む。配役も通常の戯曲の登場人物とはだいぶ異なっている。登場する四人は俳優の実名であり、実際の舞台でもこの四人が登場する。

ポレシュ自身はこの戯曲をどのように上演しているのだろう。

二〇〇二年五月にプラーターで上演された『餌食としての都市』の実際の舞台の様子を記してみよう。小学校の体育館ほどの長方形の広さの空間に、居間や台所などの居住空間がコの字形に作られている。この舞台装置は、ちょうど日本の住宅展示場やリビング専門店で見かける居住空間のセットを思わせる。製作したのはベルト・ノイマン。東ドイツ出身の美術家で、フォルクスビューネを拠点に九十年代のドイツ語圏の演劇をリードしたフランク・カストルフの舞台装置を数多く手がけてきた。★2

コの字型に組まれたセットの中央には、キャスター付きの事務椅子がだいたい百席ほどすきまなく無造作に置いてある。入場した観客は、会場に流れるポップスを聞きながら、事務椅子にすわって開演を待つ。すると何気なく四人の俳優が舞台に入場し、セットの一角のリビング兼ダイニングに集まる。この部屋の上手の壁には摩天楼の夜景が川向こうに見える窓があり（夜景は写真）、下手の壁には『餌食としての都市』の公演ポスターが貼ってある。四人はしばらくキッチンで作業をしたり、冷蔵庫を開けて中をのぞいたりしながら時間をつぶして、ようやくソファーに腰をおろすと、音楽が止む。そして戯曲の冒頭の台詞をアストリート・マイヤーフェルトが大きく通る声で語り出す。

グローバル・プレーヤーにとって地域や国なんてたいして重要じゃない。

ニューヨークの摩天楼の夜景の見える高層アパートの一室に四人の仲間が集まり、ビールを飲みながら雑談をはじめるといった様子だ。しかしこの四人、親しげに会話を交わすのではない。あるときは必死に、あるときは何かに憑かれたように、またあるときは気だるい様子で、しかしあくまでも大きな声量と明晰な発音を保ちながら、この難しい台詞の塊をズンズン言い切っていく。特にドイツ語原文では大文字で書かれている箇所（翻訳では太い活字で印字されている）の発声は壮観で、四人の俳優は絶叫調で語るのである。見ていても大変な作業だが、俳優の技量が発揮される絶好の機会であり、とても面白い。ほぼ一分おきに繰り返される「クソ！」、「ここ！」、「あそこ！」といった絶叫と、大企業や有名建築家を当てこするお下品な風刺に驚く観客は、やや唖然としながらもその独特のリズムに引き込まれ、客席にはくすくす笑いが絶えない。ラリった連中のとりとめもない脱線話とは正反対に、舞台には躍動するダイナミズムがある。

戯曲中に「クリップ」と指示のある箇所では、四人は短いパフォーマンスを行う。最初の「クリップ」の場面では、マイヤーフェルトがサングラスをかけアフロヘアーのカツラをかぶり、音楽に合わせてチープなダンスを踊る。下手側には浴室がある。四人は浴室の洗濯機やキッチンのレンジの周囲で続きを踊る。次のクリップでは、マイヤーフェルトはカツラを床に置き、猫に見立ててミルクをやったり、抱き上げてキスしたりする。一方シュッツはそっけなくカツラにミルクをぶっ掛け、客席の笑いを誘う。

七十年代から八十年代にかけて世界中でヒットしたダンス・ミュージックに合わせて、四人はソファーに折り重なるように倒れこんでじゃれついたり、二人組みになって床をごろごろ転げたり、全員で組み体操を始めたり、はたまたホラー映画の一場面をまねてみたり、客席に入り込んで奇声をあげてみたり、バスケットのまねをしたり、ゴルフの話題が出た後のクリップでヒンリックスがゴルフの素振りをしたりというように、「クリップ」で行われるパフォーマンスは、意図的にはずしたコントのような子供っぽさに満ちている。「クリップ」以外でも、たとえばマイヤーフェルトが「爆竹を鳴らして回るのもやめて！」と言うとき、彼女の隣に座るホーホマイアはいたずらっぽく爆竹を鳴らしていたりする。

ところで戯曲の台詞は、ネオリベラリズムを徹底的に批判している。鉄道や市有地といった公共の不動産を売却して利益を生み出し、公共事業を私企業に任せて社会福祉にかかる経費を節約し、失業者、外国人労働者、社会的弱者を切り捨てるネオリベラリズム政策。一九八〇年代、サッチャー政権とレーガン政権によって導入された小さな政府を目指すネオリベラリズム政策の結果、生活の全領域は資本の支配下に置かれ、人間が資本の流動の影響を直接受ける過酷な状況が生まれた。日本でもドイツでも構造改革の名のもとに、弱者切り捨て政策や、外国人や失業者を異分子として排除し、清潔でセキュリティー度の高い社会を作ろうとする傾向、そして政府や自治体が投機的な行動をとる傾向が推進されている。人間は資本によって計量化されるだけの交換可能な要素になり、セックスは映像産業化され、家庭も管理され、プライベート空間はどこにもない。このような近未来SF小説のような世界は、ネオリベラリズム政策が導入された結果生じた社会的現実の戯画である。

ポレシュの演劇には、舞台の進行にゆるい枠はあるが、起承転結のはっきりした物語はない。戯曲のもとになった書物は出版されているが[★3]、それがそのまま台詞になっているわけではない。舞台は、資本主義とセックスの結合を暴露すべく逸脱する台詞と、台詞を切れ目なく語りかける俳優の技量と、わざとらしくだるい身体で行われるパフォーマンスとがミックスされた独特のショー・タイムになっている。非人間的な生活空間を生み出した元凶として、経済効率と利益追求をすべてに優先させるネオリベラリズム政策が批判されているが、高踏的に社会批判を行う意図は少ない。全体は場末の雰囲気に満ちた安っぽいショー仕立てと言えるだろう。

もうひとつの舞台例として、二〇〇一年十月にベルリン・フォルクスビューネのプラーターで初演された『マイホームのインソーシング　くそったれホテルの人々(Insourcing des Zuhause. Menschen in Scheiss-Hotels)』を取り上げてみよう(邦題『マイホーム・イン・ホテル』[★4])。『餌食としての都市』と同様、会場のプラーターには百名も入れば満席になる椅子席を取り囲むように、リビングやキッチンなどの居住空間がコの字形に作られている。舞台には三人の女優が居て、ネオリベラリズム政策への徹底的な批判を内容とする台詞を機関銃のように語り出す。

N　このホテルにはマイホームの暗部がある。

T　ここで働くあなたの社会空間は、ポリ公の視点からしか主題化されないってわけだ。

N　男娼や「同僚」が移民に見えるときって、もう経済的な価値に変換されているのね。

C　このホテルは安心感を製造する。コンシェルジェやノーマン・ベイツが安全と秩序を製造する！　つまり安心感や秩序感が生産させるわけよね。

N　すると犯罪の原因を移民に結びつける危機管理のシナリオが生産されることになる。

T　ベッドに不法入国した娼婦たちが横になっていると、ホテルは彼女たちを国外追放しようとする。

C　ホテルの外部の自治体の政策は、国外追放を迅速化し、容易にした。★5

N、T、Cはそれぞれ実際に演じている三人の女優の名前の頭文字を表している（Nはニーナ・クロンイェーガー、Tはクリスティーネ・グロース、Cはクラウディア・シュプリット）。ホテルに居る三人の女性が批判の言説を客席に向かってたたみかけるように語りかけていくのだが、彼女たち三人はホテルの宿泊客なのか、ホテルを根城にする娼婦なのか、だんだんわからなくなる。ホテルとマイホームの区別も曖昧になる。ネオリベラリズム政策が浸透した結果、プライベート空間が厳格な管理下に置かれてしまった事態を示すために、映画『ブレードランナー』のアンドロイドがパロディー化されている。外見は人間そっくりだが感情を持たないネクサス六型アンドロイドと人間との区別が曖昧になる。ホテルは感情を生産する工場であり、すべての愛情の記憶はホテルが生産した商品だ。マイホームは外部を遮断した安全な環境であり、家族、異性愛の秩序、エスニックな帰属の場の総称である。そのマイホームもホテルの商品に過ぎない。

『餌食としての都市』と同様、舞台はチープなショーの雰囲気を漂わせている。三人の女性たちは、ほぼ一分に一回の割合で「クソ！」と叫ぶ。また、ほぼ十分に一回の割合で「クリップ」と指示されている中断部分になり、その間三人の女性は台詞を語らずに、ヒッチコックの『サイコ』の浴室での殺害場面や、コッポラの『地獄の黙示録』のヘリコプター攻撃の場面などをわざとらしくまねる。客席をコの字型に囲むセットの一角には寝室も設えてある。寝室のテレビにはアフガン犬の映像が繰り返し流される。アフガニスタンでのアメリカ軍の食料援助を批判するために、「クリップ」ではおもちゃのパラシュートが降ってくる。

「クリップ」が終わると、三人の女優は再び議論をシャワーのように語り出す。台詞が舞台上で機関銃のようにまくしたてられていくのを聞いていると、本の形で読むのとは異なり、いわば議論のテーマが塊となって押し寄せてくるという印象を受ける。また、現代の管理社会を批判するアクチュアルなテーマと、映画をまねる舞台上の俳優たちの笑いを誘う動きとは、台詞と動作の一体化を当然としてきた従来の近代劇の舞台に慣れた観客の目には非常に大きな違和感を生み、舞台評が賛否に分かれる原因ともなっている。台詞のもとになった書物は、アメリカで出版されたアントニオ・ネグリとマイケル・ハート共著の『帝国』の議論を紹介しつつドイツの現状の分析に応用するスタンスを取っているため、観客は今日の世界を席巻する暴力と舞台との関連を意識して舞台に向かい合う。『帝国』が描く資本の運動の抽象的な暴力を、感性世界の具体的な経験として舞台に載せるにはどうすればいいのだろうか。ポレシュの作り出すショー・タイムは、この問いへのひとつの解答を可能性として示そうとしている。

このような大きなテーマを扱うポレシュの舞台だが、けっしてしかめっ面をして付き合う必要はなく、作り手の側も生真面目一辺倒な受容をまったく望んでない。ポレシュは、ベルリン郊外のニュータウンへ出前公演をしている。ビルの谷間の公園や空き地を選び、百人程度の簡易椅子を並べ、四台のコンテナでその周囲をコの字形にぐるりと囲むのである。すると、プラーターと同じスケールの舞台空間ができあがる。コンテナの内部が舞台だ。公演日には夕方から屋台も出て、近所のお年寄りや子供たちも集まり、日本でいえば下町の夏祭りのような雰囲気になる。その和気藹々とした雰囲気のなかで、集まった観客は風刺に笑いこけ、「クリップ」のパフォーマンスに拍手をし、一時間ほどの時を楽しく過ごす。

ポレシュが拠点にしているプラーターは、ベルリンのプレンツラウアーベルク地区にあり、フランク・カストルフが芸術総監督を務めるフォルクスビューネ劇場が運営している。日本の小学校の体育館ほどの広さがあるこの小スペースは、社会主義時代にはダンスホールだった。もともとは映画『第三の男』で有名なウィーンの遊園地プラーターにならって名付けられた遊園地だったが、大観覧車のあるウィーンのプラーターとは違って、ベルリンのプラーターは都会の真ん中にある小さな公園に過ぎなかった。しかし同じ敷地内には、小規模の遊戯施設と平屋のビアホール兼レストランがあり、今でも週末や休日の晩には多くの人々で溢れている。高踏的な姿勢とは無縁のチープな舞台作りや出前公演といった気さくな上演スタイルは、劇場を街に開くフォルクスビューネならではの開放的なプログラムと言えるだろう。

最後に、このようなポレシュの演劇を生み出したベルリンの演劇状況について簡単に触れておきたい。

一九八九年にベルリンの壁が崩壊した。翌一九九〇年には、豊かな西ドイツ（ドイツ連邦共和国）が破産状態にあった社会主義国東ドイツ（ドイツ民主共和国）を実質的に吸収合併する形で、東西ドイツの再統一が実現した。この激動は、東ドイツ出身の演劇人ハイナー・ミュラーやアイナー・シュレーフ、フランク・カストルフらが登場するきっかけとなった。国がなくなる激動は彼らの舞台を諧謔、沈思、グロテスクな哄笑に染め上げ、多くの人々を惹きつけたのである。九十年代前半のベルリン演劇は、これら東ドイツ演劇人が主導する混沌とした創造の世界であり、彼らの舞台が感じさせるひりひりとした皮膚感覚にも似た厳しさは、ベルリンという政治都市のもっとも過激な魅力の一端を成していた。そのような過激な政治性が落ち着きを見せ、新しい世代が登場し始めた現在、豊かな社会が過ぎ去った後の風景が姿を現しつつある。[★6]

九十年代後半にはヨーロッパ演劇全体に若い世代が登場する機運が見られた。この流れを象徴するのが一九九九年に自殺したイギリスの劇作家サラ・ケインだった。その一九九九年冬にメンバーを一新した西ベルリンのシャウビューネ劇場は、東ベルリンのドイツ座の小スペース「バラック」で活動していた演出家トーマス・オスターマイアーや、やはり東ベルリンの中心部にあるゾフィーエンゼーレを拠点に全ヨーロッパ的に活躍していたダンス振付家サシャ・ヴァルツらを新しく招き、ドイツにおける舞台芸術の若い世代の拠点になった。同世代の乾いた感覚を見据える劇作家マイエンブルク（「ドイツ現代戯曲選30」シリーズ第一巻）[★7]や、最新作『潮汐（Gezeiten）』（二〇〇五年秋）で自然の猛威を壮大なスケールで踊り観客を圧倒したサシャ・ヴァルツのダンスカンパニーは、同劇場を拠点に活動してきた。また伝統的なドイツ座も、ミヒャエル・タールハイマーをはじめとする若い演出家を積極的に登用するようになった。

ベルリンの演劇は、伝統的な台詞劇を踏襲するシャウビューネ劇場を一方の極とし、劇場での上演形式にとらわれない特色ある活動を行う演出家やグループを他方の極として、幅広い活動が多彩に行われている。ルネ・ポレシュやミヒャエル・タールハイマーらは従来の演劇の枠にとらわれない冒険を敢行する後者の旗手だろう。ほかにも、たとえば企画集団リミニ・プロトコルは、職場を解雇された労働者を舞台に登場させて語らせたり、病室と舞台をネットでつないで死を待つ重病人に発言させたりして、ドキュメンタリー演劇に新しい可能性を切り開いている。ポストシアターというパフォーマンス・グループは、映像メディアとパフォーマンスの絶妙のコンビネーションを通して、娯楽性と社会性を兼ね備えたユニークな舞台作りをめざしている。総じてベルリンで活躍する集団が行なう公演には、演劇と社会との関係を観客に考えさせる作品が多い。

ポレシュは二〇〇六年春に東京に長期滞在して、自作『皆に伝えよ！　ソイレント・グリーンは人肉だと』といういかにもポレシュらしい長いタイトルの作品をベニサン・ピットで客演出する（制作　シアター・プロジェクト東京（TPT）、出演　木内みどり、中川安奈、池田有希子、長谷川博己、二〇〇六年三月末から四月中旬予定）。日本の俳優とドイツの演出家との共同制作から、新鮮な感覚が切り開かれるに違いない。

翻訳にあたっては、「ドイツ現代戯曲選30」編集委員の池田信雄さんと、東京ドイツ文化センターで開催された演劇セミナーで『餌食としての都市』の参考字幕を作成された田原奈穂子さんから適切な助言を受けました。特に本書は、田原さんの翻訳がなければ完成しませんでした。ここに篤く感謝します。

注

★1―ハンス＝ティース・レーマン（谷川道子他訳）『ポストドラマ演劇』（同学社）

★2―美術家ベルト・ノイマンは、二〇〇六年二月に東京のオーチャードホールで招聘公演を行ったシュトゥットガルト歌劇場『魔笛』の美術を担当していた。

★3―Pauline Boudry: Reproduktionskonten fälschen. (b_book, 2000)、およびKlaus Ronneberger, Stephan Lanz, Walter Jahn: Stadt als Beute. (Dietz, 1999)

★4―ルネ・ポレシュ『マイホーム・イン・ホテル』（「DeLi」二号所収、沖積舎）。

★5―同九三頁。

★6―新野守広『演劇都市ベルリン』（れんが書房新社）

★7―マリウス・フォン・マイエンブルク『火の顔』（「ドイツ現代戯曲選30」第一巻、論創社）

著者

ルネ・ポレシュ（René Pollesch）

1962年生まれ。ドイツのギーセン大学で演劇学を学ぶ。1992年フランクフルトのＴＡＴ劇場で『スプラッターブールヴァード』が上演されて以来、ドイツ語圏各地の劇場で演出活動に携わる。2001年ミュールハイム劇作家賞受賞。ベルリン・フォルクスビューネ劇場に付属する小スペース、プラーターの芸術監督に就任。2002年「テアターホイテ」誌の最優秀劇作家に選ばれる。『world wide web slum』、『マイホーム・イン・ホテル』、『24時間は一日じゃない』をはじめ多数の作品を精力的に執筆し、自ら演出している。

訳者

新野守広（にいの・もりひろ）

一九五八年生まれ。立教大学教授。ＡＩＣＴ（国際演劇評論家協会）会員。「シアターアーツ」編集委員。著書に『演劇都市ベルリン』（れんが書房新社）、共訳書に『ヴィム・ヴェンダース』（平凡社）、『ポストドラマ演劇』（同学社）がある。

ドイツ現代戯曲選30　第十巻　餌食としての都市
二〇〇六年四月一日　初版第一刷印刷　二〇〇六年四月一〇日　初版第一刷発行
著者ルネ・ポレシュ⦿訳者新野守広⦿発行者森下紀夫⦿発行所論創社　東京都千代田区神田神保町二—二三　北井ビル　〒一〇一—〇〇五一　電話〇三—三二六四—五二五四　ファックス〇三—三二六四—五二三二⦿振替口座〇〇一六〇—一—一五五二六六⦿ブック・デザイン宗利淳一⦿用紙富士川洋紙店⦿印刷・製本中央精版印刷⦿⦿ISBN4-8460-0596-8

ドイツ現代戯曲選30

*1
火の顔/マリウス・フォン・マイエンブルク/新野守広訳/本体 1600 円

*2
ブレーメンの自由/ライナー・ヴェルナー・ファスビンダー/渋谷哲也訳/本体 1200 円

*3
ねずみ狩り/ペーター・トゥリーニ/寺尾 格訳/本体 1200 円

*4
エレクトロニック・シティ/ファルク・リヒター/内藤洋子訳/本体 1200 円

*5
私、フォイアーバッハ/タンクレート・ドルスト/高橋文子訳/本体 1400 円

*6
女たち。戦争。悦楽の劇/トーマス・ブラッシュ /四ツ谷亮子訳/本体 1200 円

*7
ノルウェイ.トゥデイ/イーゴル・バウアージーマ/萩原 健訳/本体 1600 円

*8
私たちは眠らない/カトリン・レグラ/植松なつみ訳/本体 1400 円

*9
汝、気にすることなかれ/エルフリーデ・イェリネク/谷川道子訳/本体 1600 円

*10
餌食としての都市/ルネ・ポレシュ/新野守広訳/本体 1200 円

*11
ニーチェ三部作/アイナー・シュレーフ /平田栄一朗訳/本体 1600 円

*12
愛するとき死ぬとき/フリッツ・カーター/浅井晶子訳/本体 1400 円

私たちが互いを何も知らなかったとき/ペーター・ハントケ/鈴木仁子訳

衝動/フランツ・クサーファー・クレッツ/三輪玲子訳

ジェフ・クーンズ/ライナルト・ゲッツ/初見 基訳

★印は既刊(本体価格は既刊本のみ)

Neue Bühne 30

文学盲者たち/マティアス・チョッケ/高橋文子訳

座長ブルスコン/トーマス・ベルンハルト/池田信雄訳

公園 /ボート・シュトラウス/寺尾 格訳

指令/ハイナー・ミュラー/谷川道子訳

長靴と靴下/ヘルベルト・アハテルンブッシュ/高橋文子訳

自由の国のイフィゲーニエ/フォルカー・ブラウン/中島裕昭訳

前と後/ローラント・シンメルプフェニヒ/大塚 直訳

バルコニーの情景/ヨーン・フォン・デュッフェル/平田栄一朗訳

終合唱/ボート・シュトラウス/初見 基訳

すばらしきアルトゥール・シュニッツラー氏の劇作による刺激的なる輪舞/
ヴェルナー・シュヴァープ/寺尾 格訳

ゴルトベルク変奏曲/ジョージ・タボーリ/新野守広訳

タトゥー/デーア・ローエル/三輪玲子訳

英雄広場/トーマス・ベルンハルト/池田信雄訳

レストハウス、あるいは女は皆そうしたもの/エルフリーデ・イェリネク/谷川道子訳

ゴミ、都市そして死/ライナー・ヴェルナー・ファスビンダー/渋谷哲也訳

論創社

Marius von Mayenburg Feuergesicht ¶ Rainer Werner Fassbinder Bremer Freiheit ¶ Peter Turrini Rozznjogd/Rattenjagd ¶ Falk Richter Electronic City ¶ Tankred Dorst Ich, Feuerbach ¶ Thomas Brasch Frauen. Krieg. Lustspiel ¶ Igor Bauersima norway.today ¶ Fritz Kater zeit zu lieben zeit zu sterben ¶ Elfriede Jelinek Macht nichts ¶ Peter Handke Die Stunde, da wir nichts voneinander wußten ¶ Einar Schleef Nietzsche Trilogie ¶ Kathrin Röggla wir schlafen nicht ¶ Rainald Goetz Jeff Koons ¶ Botho Strauß Der Park ¶ Thomas Bernhard Der Theatermacher ¶ René Pollesch Stadt als Beute ¶ Matthias

ドイツ現代戯曲選⑩
Neue Bühne

Zschokke Die Alphabeten ¶ Franz Xaver Kroetz Der Drang ¶ John von Düffel Balkonszenen ¶ Heiner Müller Der Auftrag ¶ Herbert Achternbusch Der Stiefel und sein Socken ¶ Volker Braun Iphigenie in Freiheit ¶ Roland Schimmelpfennig Vorher/Nachher ¶ Botho Strauß Schlußchor ¶ Werner Schwab Der reizende Reigen nach dem Reigen des reizenden Herrn Arthur Schnitzler ¶ George Tabori Die Goldberg-Variationen ¶ Dea Loher Tätowierung ¶ Thomas Bernhard Heldenplatz ¶ Elfriede Jelinek Raststätte oder Sie machens alle ¶ Rainer Werner Fassbinder Der Müll, die Stadt und der Tod